उलझी डोर

कविता संग्रह

अजय प्रताप श्रीवास्तव

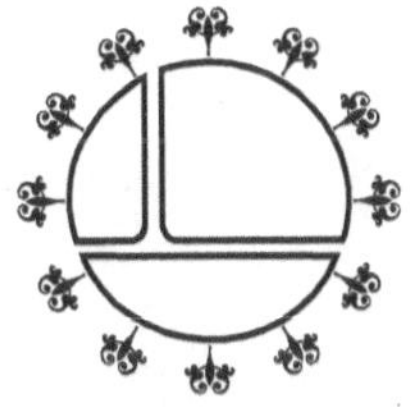

अंजुमन प्रकाशन

उलझी डोर (कविता संग्रह)
सर्वाधिकार : अजय प्रताप श्रीवास्तव 2019

अंजुमन प्रकाशन

942, आर्य कन्या चौराहा, मुट्ठीगंज
प्रयागराज - 211003 उत्तर प्रदेश, भारत
website - www.anjumanpublication.com
E-mail - anjumanprakashan@gmail.com

प्रथम संस्करण अंजुमन प्रकाशन द्वारा 2020 में प्रकाशित
आवरण व टाइपसेटिंग - अंजुमन प्रकाशन, प्रयागराज

ISBN : 978-93-88556-16-3

दुनिया ने तज्रिबात-ओ-हवादिस की शक्ल में,
जो कुछ मुझे दिया है वो लौटा रहा हूँ मैं।
- साहिर लुधियानवी

मेरे मन की

मेरा मानना है कि कविताएँ भावनाओं का वह अतिरेक है, जो स्वतः स्फूर्त होकर शब्दों का रूप ग्रहण कर लेती है। कविताएँ अपने छोटे-से आकार में वह सब कुछ कह पाने में समर्थ होती हैं, जिसे कहने के लिए कभी-कभी, बड़े-बड़े ग्रन्थ भी छोटे पड़ जाते हैं।

यह संग्रह एक लम्बे समय में विभिन्न विषयों पर छिटपुट लिखी गयी कविताओं का संकलन है इसलिए हर कविता अपने आपमें पूरी और अलग है।

फिर भी किसी विशिष्ट विषय पर न लिखी होने के बाद भी यह संग्रह आपको अपने जीवन और उसके आस-पास घूमती देश-दुनिया और समाज की ख़बर लेती मिलेगी। जिनसे आपका सरोकार उतना ही है जितना इन कविताओं को लिखते समय मेरा था। मुझे विश्वास है कि इसे पढ़ते हुए आप ऐसा महसूस भी करेंगे।

ये कविताएँ यदि एक पुस्तक के रूप में आकार ले सकी हैं तो इसके लिए मेरी धर्म-पत्नी वन्दना श्रीवास्तव का योगदान सर्वाधिक महत्त्वपूर्ण है। उनके सकारात्मक सहयोग और प्रोत्साहन के बिना इसकी कल्पना करना भी मेरे लिए मुश्किल था। साथ ही अंजुमन प्रकाशन के प्रकाशक वीनस केसरी जी का आभार, जिन्होंने इस पुस्तक को न सिर्फ़ प्रकाशित करने का निर्णय लिया बल्कि आपके हाथों तक पहुँचाने में सफल रहे।

अन्त में उन सभी लोगों का ऋणी हूँ जो इन कविताओं के लिए कारण बने और उन लोगों का भी, जिनकी प्रशंसा के कारण कविताएँ लिखी जा सकीं।

हाँ आपकी प्रतिक्रियाएँ सर्वाधिक महत्त्वपूर्ण हैं। शुभ-कामनाओं के साथ।

अजय प्रताप श्रीवास्तव
ajaysriad71@gmail.com

अनुक्रम

1- ईमानदारी

एक लम्बी भीड़
पीछे खड़ा - मैं
देख रहा था -
सूट - बूट, कुर्ता - टोपी धारी
प्रतिष्ठित -जनों, अधिकारियों, समाजसेवियों को,
ईमानदारी का ईनाम लेते
और सुन रहा था -
उद्घोषक की बात,
देखिए
यह भी आप ही के बीच के हैं
अरे!
क्या कहीं लटकती है - ईमानदारी ?
किसी चेहरे से टपकती है - ईमानदारी ?

मैंने देखा,
अपने अग़ल-बग़ल
और फिर -
अपने 'स्लीपर' का घिसा तल्ला,
आटे का ख़ाली का 'कनस्टर',
शहर से बाहर गन्दी बस्तियों में अपनी खोली,
सरकारी स्कूल से पढ़कर लौटते बेतरतीब मेरे बच्चे,
समय से पहले बूढ़ी हो चुकी बीवी,
तेज़ी से बढ़ता चश्मे का पावर,
रुका हुआ 'प्रमोशन',
आए दिन होते तबादले,
ढेर सारी दुनियादारी का अनुभव,
और खूँटी से लटकी ख़ाली जेबों वाली कोट,
चेहरे से टपकती मजबूरियाँ,

फिर, मैं लौट पड़ा वहाँ से
कुछ खोजने- पाने के लिए
हाँ अब भी
ढूँढ़ रहा हूँ
जुटा रहा हूँ - सबूत
अपनी ईमानदारी का
किसी छोटे से पुरस्कार, सम्मान,
या फिर मेडल के लिए।

2 - वो, अब भी क्वाँरा है

वो
लोगों के अरमान सजाता है
सपने साकार करता है
ख़ुशियाँ ढोता है
उजाले पहुँचाता है

वो
इन दिनों हर रात-
ज़माने की आवारगी में
लोगों के साथ बेख़ौफ़ घूमता है,
उनकी मंज़िलों में
अपना पड़ाव ढूँढ़ता है

हर आधी रात के बाद-
रोशनियाँ पहुँचाकर
अँधेरों में अपना हाथ टटोलता है,
सपने छोड़कर,
सच की सीलन भरी ज़मीन पर सो जाता है।

मुझे नहीं लगता
वो कुछ और सोचता होगा
सिर्फ 'दारू' के
दर्द के मारे जब उसे नींद नहीं आती,

'भूख' पर उसका नियंत्रण है-
शायद इसीलिए ग़रीब है।

वो
मुझे मिला था

एक बारात में ‘रोड लाइट’ का गमला ढोते,
दो सौ बीस ‘वोल्ट’ की विद्युतधारा लादे
पैंतीस साल का बूढ़ा

वो
न ख़ुश है, न ग़मगीन
उसके पास कोई मुद्दा नहीं है
उसने मुझे बताया-
वो यूँ ही कुछ कर लेता है
और जी लेता है
यहीं कहीं रह लेता है

बेघर है- जाने कितने घर बसवाकर
बराती है-जाने कितनी बरातें पहुँचाकर
जी हाँ वो अब भी क्वाँरा है
जाने कितनी शादियाँ करवाकर।

3 – बहका मानव

बेचैन
व्याकुल
विक्षिप्त-सा
बेतहाशा
भाग रहा है - मानव

जंगलों से नगरों तक
झुण्डों से राष्ट्रीय झण्डों तक
धरातल से -
आकाश की ऊँचाइयाँ और
पाताल की गहराइयों तक पहुँचा - मानव

अब -
मृगतृष्णा में जल की तरह
शून्य की सीमाओं को खोजता
प्रयोगशाला में सुख और शान्ति बना रहा है
चन्द उपभोग सामग्रियाँ
परखनली शिशु
बमों और राकेटों के सहारे
सर्वनियन्ता को झुठलाता
ख़ुद को -
ब्रह्मा, विष्णु और महेश होने का दावा कर रहा है,

कैसा भोला है - मानव
प्रकृति की ज़रा-सी चुप्पी पर
विजय की धुन में इठलाता
आज -
अपने लक्ष्य को भूला
शान्ति की खोज से

प्रगति की दौड़ में
बहक गया है - मानव।

4 - कूड़े का ढेर

कई बच्चे
वहीं से पैदा हुए हैं
उनकी 'माँ' है -- वो

घुटनों से पाँवों तक
बचपन से जवानी तक
जीवन का एक लम्बा, ख़ुशगवार, महत्त्वपूर्ण हिस्सा
वहीं से शुरू किया है
वहीं बिताया है
उनका बाप है -- वो

बड़ी मेहरबानियाँ हैं उसकी
उनका घर
उनका पार्क, स्टेडियम, स्कूल, खेल का मैदान
सब कुछ तो है -- वो

वहीं से पैदा हुए हैं
रिश्ते-नाते
दोस्ती-दुश्मनी
उसी टीले से
उसी की ऊँचाइयों से उन्होंने देखा है
यह दुनिया
दुनिया की दुनियादारी
और शुरू किया है
जीवन का सफ़र
गाँधी ने कहा था --
ये दीन-हीन, ये तुच्छ
इन्हीं में तो है -- 'हरि'
यही तो हैं 'हरिजन'

मुझे भी लगता है
वहीं है - 'हरि'
वही है - 'हरि'
शहर के बाहर का कूड़े का ढेर
कितनों का जीवन
कितनों का आश्रय दाता।

5- बापू - तुम्हारी आज़ादी

बापू !
मैं देख रहा हूँ
लाल किले की प्राचीर पर
धीरे-धीरे अँगड़ाई लेते हुए तिरंगे में से अपनी बड़ी-बड़ी
सूनी आँखों से
तुम
अपने सपनों का भारत देख रहे हो
अपने अरमानों का ढहता खण्डहर देख रहे हो
क्या देख रहे हो ?
क्यों देख रहे हो बापू !
सच बताऊँ -
तुम्हारी भी ग़ुलामी के अपने मज़े थे
कम से कम तुम तो
किसी के लिए जिये
किसी के लिए मरे थे।

बापू !
तुम्हारा आज़ाद भारत...
क्या दिखाएँ...
देखो -
यह सड़कों पर बिखरी, बेतरतीब लाशें,
वह चीख़ती-चिल्लाती, अन्धाधुन्ध भागती
बेबस ज़िन्दा-लाशें।
गलियों से होता घरों तक पहुँचा यह साँय-साँय,
मन्दिरों और मस्जिदों के लाउडस्पीकर से उड़ते धर्म और
जेहाद के नारे,
भारी बूटों में सेना का फ़्लैग मार्च,
पुलिस की गाड़ियों से उठता 'कफ़र्यू' के ऐलान का
कोलाहल,

वो - सहमा हुआ नागरिक।

क्या दिखाएँ...
देखो -
वो कटे-फटे कपड़ों में ठिठुरन से काँपते, नंगधड़ंग बूढ़े,
बच्चे, जवान
अरे ! नहीं पहचाना,
यह तुम्हारे ही ज़माने के
वो चिथरू, घीसा, होरी और धनिया हैं,
इन्हीं में तो तुम हो
हम भी तुम्हारे ही ईमान पर जी रहे हैं
हम हमेशा तुम्हारा एहसास बनाये रखेंगे
ज़रूरत हुई
तो इनके बचे कपड़े भी उतार डालेंगे,
पर चिन्ता मत करो बापू !
तुम्हारी दी आज़ादी की लाश
हम अब भी ढो रहे हैं,
कोई अँग्रेज़ नहीं
ये सब ख़ून-ख़राबे हम ख़ुद ही कर रहे हैं।

पर... आख़िर में
एक सवाल बापू तुमसे
सच बताना-
मेरी जगह आज अगर तुम होते
मेरी आज़ादी, या फिर
अपनी ग़ुलामी
क्या लेते ?

6 - भीड़

भीड़ -
दिशाविहीन, अलक्ष्य की ओर
भागती जाती
भीड़ -
जातिविहीन, धर्मविहीन, भेदविहीन
नामविहीन है।
भीड़-
एक भेड़चाल, एक धक्का-मुक्की
भीड़ का नाम,
ख़ुद को खो देना
ख़ुद को भूल जाना है।
कितनी समानता -एकरूपता
कितना विस्तार है -भीड़
न कुछ छूटने का ग़म
न कुछ पाने की खुशी
न तो नये रास्ते का निर्माण
न किसी रास्ते पर चलने का ख़तरा
बस चलते रहना, भागते रहना
भीड़ के साथ भीड़ की दिशा में।
कितना सुकून,
कितना फैलाव,
गोल-गोल दुनिया
भागते हुए लोग
फिर-फिर वहीं पहुँचना
फिर वहीं से चलना,
बढ़ते रहना
कैसी विडम्बना
भीड़ में रहकर
भीड़ में चलकर

न जाने क्यूँ
भीड़ से अलग,
अपने आपको रखना देखना
अपना अस्तित्व महसूस करना।
आओ चलें !
अपनी भीड़ों में खो जाएँ
कहीं से एक बार
अपने आप को भूल जाएँ।

7 - सत्य

सत्य
कभी था
एक खोज
एक तलाश
जीवन का लक्ष्य
ज़िन्दगी का छोर।
अब हम यहीं बनाते हैं -
नित नये-नये सत्य
प्रयोगशालाओं
राभाओं, सेमिनारों में
दावा करते हैं-
सिद्ध भी किये जाते हैं
उन्हें, निरपेक्ष,
शाश्वत, सार्वभौमिक
समय के साथ बदलती
सुविधाओं
परिभाषाओं के सापेक्ष,
अपनी बनायी कुछ
निजी मान्यताओं
सीमाओं के सापेक्ष,
हम भी तो
अब नहीं खोजते सत्य
कौन
जंगलों में
पहाड़ों पर
दुनिया की रंगीनियों से
वीरानियों में जाये
क्यों
व्यर्थ उलझें

दर-दर भटकें
सर खपायें
जब मिलते हैं
यहीं,
घर बैठे ही - सत्य
सुविधानुसार
बने - बनाये।

८ – इन्सान मर गया

जाओ - कहाँ जाओगे
लौटकर यहीं आओगे
दुनिया के हर कोने में यही पाओगे
सड़कों पर -
ख़ून की होलियाँ
मौत का नंगा नाच
गलियों में -
चीख़ती, बिलखती, कराहती
टूटती साँसें
नुची-चुथी, अपनी लाज बचाती
तुम्हारी सभ्यता-संस्कृति
घरों से -
उठता शमशान का सन्नाटा
बची-खुची लाशों को नोचते
गिद्ध, चील और गीदड़
अधजले मांस की बदबू
कभी भूलकर भी -
मत झाँकना
किसी आदमी के अंतर में
बड़ी घिनौनी है उसकी सोच
'पीप' और 'मवाद' रिस रहे हैं
पक चुका है - पाप
सड़ गयी हैं - सद्भावनाएँ
नासूर बन गयी है मानवता
कीड़े पड़ गये है उसमें,
वहीं से फूट रही है
सड़न-दुर्गन्ध, जानलेवा बदबू
कैसा नर्क बन गया है इन्सान
होड़ मची हुई है

मरने और मारने की
टूटने और बिख़र जाने की
कोई किसी के द्वारा क़त्ल किया जा रहा है
तो कहीं,
ख़ुद ही खुलेआम, क़त्लेआम है
प्रतियोगिता है -
कौन... कैसे... कितने शीघ्र...
किस नवीनतम विधि से
अपने आपको,
अपनी इन्सानियत को क़त्ल कर रहा है
और उन लाशों को
दफ़ना रहा है,
जला रहा है...
नहीं-नहीं, कभी नहीं
अब मत खोजना, तलाशना
कहीं भी कोई
धर्म, कर्म और ईमान
जाओ लौट जाओ
और ज़ोर से कर दो ऐलान
अब कहीं नहीं है
मर चुका है इन्सान।

९ – सन्नाटे की आवाज़

क्या
तुम सुन नहीं पा रहे हो
कोलाहलों में सन्नाटे की आवाज़!
अपने अस्तित्व को समेटते-तलाशते
भीड़ के साथ होकर
मेरी तरह तुम भी
अकेले हो, सहमे हो
सूँघकर देखो -
रिश्वत, घोटाला, कालाबाज़ारी
शोषण...
इत्र, क्रीम, पाउडर की तरह महक रही है।
देखो -
उसकी भूख, बेचारगी, ग़रीबी
संघर्ष...
उस कोने में
कैसी घिसटती
जीने-मरने में जूझ रही है,
डर गये न!
बग़ल वाला
चोर, डाकू, आतंकवादी उग्रवादी जाने क्या हो
तुम भी तो
अपने 'स्व' की हत्या कर चुके हो
दया, धर्म, संस्कृति, आचार,
व्यवहार...
गला घोटकर दफ़न कर चुके हो
हत्यारे हो न,
इसीलिए डरते हो।

10 – कैसे

क्या
जी नहीं घबड़ाता
हवेलीनुमा मकानों में
उन इक्के-दुक्के प्राणियों का।

कैसे रह लेते हैं
शहर के सबसे गन्दे स्थल पर
टाट-कूड़े और पॉलिथीन से बने मकानों में,
आठ-आठ, दस-दस प्राणी,

कैसे गुज़र जाती हैं
'ज़िन्दगियाँ'
सिर्फ़ एक कुर्सी पर
कुछ हिसाब-किताब के बीच
सिर्फ़ - एक मशीन पर खड़े-खड़े
सिर्फ़ एक जैसा काम करते-करते,

कैसे वह इतने पर्दे में
घर की देहरी के भीतर
गुज़ार देती है 'ज़िन्दगी'
क्या उन्हें शर्म भी नहीं आती
इस तरह
सड़कों पर नग्न-प्रदर्शन करते।

कैसे गुज़र जाती है
उनकी ज़िन्दगी
सिर्फ़ घूमने-फिरने में,

कैसे चलती है यह दुनिया
एक साथ,
इतने विरोधाभास / इतनी विडम्बनाएँ ढोती
कैसे चलते हैं लोग
एक साथ
पैदल और गाड़ियों से
कैसे ? कैसे !
और कैसे।

11- प्रजातन्त्र

जीवन के हर रंग में
प्रजातन्त्र के गीत
आज हम
ख़ूब गा रहे हैं,
जितना उठा सकते हैं लाभ
उठा रहे हैं।
जब भी कहीं टकराता है हमारा अहम्
धर्म, जाति, भाषा, क्षेत्रवाद का वहम
बना लेते हैं,
कोई न कोई मंच,
राजनैतिक दल, यूनियन, मोर्चा, संगठन,
दबाव-समूह या फ्रंट
फिर देते हैं उसे
एक प्रवक्ता
एक नेतृत्वकर्ता
चालू भाषा में - एक और नेता
अहम् की इस बरसात में -
फैल गयी है
कुकुरमुत्तों की तरह
नेताओं की एक फसल
अपने अहम् को तुष्ट करने का
मिल गया है एक साधन - सरल
अब आज -
इस दुष्चक्र में फँसे हम
देखकर
नेताओं और नेतागिरी का विकृत रूप अपने
हाल पर रो रहे हैं।
विडम्बना यह कि
इसका हल एक और नेता खड़ाकर

फिर प्रश्नों में दे रहे हैं।
रो रहा है -
पूर्वजों का त्याग और बलिदान
जहाँ हमने पाया था
स्वराज और संविधान
पाल ली थी - ग़लतफ़हमी
अपना राज ख़ुद चलाने की
जीवन सुख और शान्ति से बिताने की
सच है -
कोई क्या कर सकता है
जब हम अपना गला - ख़ुद ही दबा रहे हैं
अपने पाँव पर कुल्हाड़ी ख़ुद ही चला रहे हैं।

12- जाओ, लौट जाओ!

समाज सुधारकों
लेखकों, कवियों, दार्शनिकों, सन्तों!
जाओ, लौट जाओ
अपने-अपने कमरों में,
या फिर
बिखर जाओ वीरानियों में
तुम्हें रास नहीं आती -
हमारी यह दुनिया - न आवे
मगर क्यों निकालते हो
अपने दिल का ग़ुबार-भड़ास
मत करो हमें भ्रमित
मत दिखाओ हमें ख़ूबसूरत सपने
क्यों उलझाते हो
हमें नित नयी-नयी उलझनों में

आख़िरी बात -
तो आख़िरी बात यह है
कि हम नहीं सुधरेंगे
तुम्हारी दृष्टि से
तुम्हारे पैमानों से
और तुम हमें सुधारोगे ?
तुम हमें क्या सुधारोगे!
तुम्हें तुम्हारी परिभाषाओं से बताऊँ
तो तुम और तुम्हारे
राम, कृष्ण, मोहम्मद और ईसा...
हमें सबसे ज़्यादा और सबसे क़रीब लाये हैं,
लड़ाइयाँ और रक्तपात इन्हीं के ही नाम पर,
इन्होंने ही सबसे ज़्यादा कराये हैं।

जाओ, अब लौट जाओ
अपने-अपने कमरों में
बन्द कमरों में
इन्तज़ार करो
समय और परिस्थितियों का
इन्हीं के साथ
स्वयं के बदल जाने का।

13 - मत रो माँ

अभी और होंगे
कितने घाव
किये जायेंगे कितने प्रहार
कटेंगे अंग
लुटेगी लाज
कब तक चलता रहेगा
देश को तोड़ने
अस्मिता को बिखेरने
संस्कृति को लूटने का भयानक खेल
तुम क्या समझते हो
माँ मौन है तो अंजान है
माँ चुपचाप है तो शमशान है
माँ कुछ नहीं कहती तो बोलेगी ही नहीं
क्या तुम्हें सुनायी नहीं पड़ता
घावों से टीसते - दर्द
मौत की अंतिम साँसों की सरसराहट
करुणा और आर्तनाद
क्या तुम देख नहीं पा रहे हो
दिन-प्रतिदिन बढ़ता मौत का शिकंजा, विकलांग हो रही
तुम्हारी माँ
डसने की तैयारी करते आस्तीन के प्रौढ़ साँप
एक बात याद रखना !
तुम्हें और तुम्हारी सन्ततियों को ही मिलेगा
तुम्हारे कर्मों का फल
तुम्हें ही चुकाना होगा
अपनी माँ के दूध- क़र्ज़
भगवान भी तुम्हें नहीं बचा पाएगा उसके क्रोध से
पर माँ!
तुम क्यों रो रही हो ?

मत रो माँ !
तेरी कोख अभी ख़ाली नहीं हुई है
तेरा दूध अभी पानी नहीं हुआ है
यहीं फिर जन्मेंगे
श्रीराम, कृष्ण और गाँधी
मिलेगी तुम्हें एक बार फिर
तुम्हारी अस्मिता
तुम्हारा अखण्ड स्वरूप
और सच्ची आज़ादी।

14- बेचारे

दिन भर,
बहुत देर शाम तक
मिलों में बड़ी-बड़ी मशीनों पर
कड़ी धूप में अपने बैलों के साथ
'प्लेटफ़ॉर्म' पर लाल-लाल कपड़ों में
'ट्राँसपोर्टों' पर कटे-फटे कपड़ों में,
बड़ा-बड़ा बोझा लादे कुली-पल्लेदार
धूप, वर्षा, और ठण्ढ में ठेला लगाये
फेरी लगाते,
मिट्टी से सने बहुमंजिला इमारतों पर ईंट-गारे का कठरा
लिये,
चढ़ते-उतरते बूढ़े, औरत, बच्चे, जवान
भद्दी-भद्दी गालियाँ,
फूहड़ मज़ाक़ के साथ
दोपहर की मोटी-मोटी रोटियाँ-चटनी
खाकर, सड़क की पटरियों पर
शहर से बाहर गन्दे कूड़े के ढेरों पर, सुनसान 'प्लेटफ़ॉर्म'
पर
अक्सर सभी सार्वजनिक स्थलों पर...
देर रात तक -
ईंट के चूल्हे से उठता धुआँ
कुत्तों का भौं-भौं
सूअर की भुद्धऽऽ भुद्धऽऽऽ
के साथ गन्दगी से लथपथ
बच्चों का चीख़ना-रोना
उनको डाँटते, लड़ते-झगड़ते,
चिल्लाते माँ-बाप
और फिर एक साथ -
दुनियादारी से ख़ारिज

घोड़े बेचकर सो जाते - बेचारे

दूसरी ओर -
अच्छे-अच्छे कपड़े, कोठियाँ, कारें
वातानुकूलित कमरे
नौकरों सुख-सुविधाओं से भरपूर
मेवा-मलाई, मिठाई खाते
'टेबल लैम्प' की रोशनी में
आधी रात तक हिसाब लगाते
जीवन के सुख और ऐश्वर्य को
पैसों से ख़रीदते
पैरों तले बिछाये
नींद की गोलियाँ खाकर
डनलप के गद्दे पर
रात भर करवट बदलते - बेचारे।

15- सब झूठ है

सच
एक झूठ है
या फिर
किसी झूठ की भूमिका।

सच,
झूठ का विरोधी नहीं है
एक छुपा हथियार है,
कूटनीतिक हथियार -
जो आमने-सामने का युद्ध टालता है
परन्तु शीत-युद्ध जारी रखता है
और युद्ध में विजय दिलाता है।

सच,
झूठ से है, झूठ के द्वारा है
झूठ के लिए है।

नैतिकता, सदाचार,
धर्म, ईमानदारी, न्याय...
सब चारा है
बड़ी मछली फँसाने के लिए
छोटी मछलियों का

धर्म
अधर्म का पर्दा है
सम्मोहन है
समय काटने का खिलौना है
अधर्म का साम्राज्य चलाने का साधन है

बिना किसी विरोध के
बिना किसी विद्रोह के

ईमानदारी
अर्थात् किसी बेईमानी की तैयारी
याद रखें,
छोटी बेईमानी के लिए - छोटी ईमानदारी
बड़ी बेईमानी के लिए - बड़ी ईमानदारी
अवसर की तलाश में - केवल ईमानदारी

न्याय
कौन-सा न्याय ?
किसका न्याय ? किसके लिए न्याय ?
कौन देता है न्याय ?
शेर? या फिर बकरी !
छोटी मछली या फिर बड़ी मछली।
राजा या फिर प्रजा ?
तोप या फिर लाठी ?
बम या फिर पत्थर ?

न्याय किसे चाहिए!
शेर को ?
बड़ी मछली को ?
राजा को ?
या फिर अमेरिका को ?

न्याय क्या है ?
न्याय समानता है
बकरी और शेर की
अमेरिका और कुवैत की

न्याय आश्वासन है
शेर का,
बकरी को
भूख लगने पर ही खाऊँगा
जाओ –
तुम मेमने पैदा करो
उन्हें बड़ा करो
अपना परिवार बढ़ाओ चलाओ...
क्योंकि भूख तो कल भी लगेगी
भूख तो लगती ही रहेगी
न्याय आश्वासन है,
अमेरिका का –
सुरक्षा की गारण्टी का
प्रजातन्त्र की ठेकेदारी का
उन्नति का, समृद्धि का
बाज़ार बनाने का, बाज़ार चलाने का
कुवैत को, इराक़ को, पाकिस्तान को, भारत को, वियतनाम
को...
पिछड़े, अविकसित, एशियाई, अफ्रीकी देशों को

क्या
आपको नहीं लगता
न्याय एक बन्दर-बाँट है।

धर्म, ईमान, नैतिकता, दया, समानता, जीवन-मूल्य,
न्याय
झूठ है,
झूठ को साबित करने का
सच / झूठ
पाठकगण!
आप स्वतन्त्र हैं

जो भी माने
सच या झूठ
क्योंकि सब झूठ है।

16- और लौट आये

पिछले दिनों
हमने ही
चौराहे पर सरेआम अपने भाई को गोली मार दिया
बैंकों को लूटा
पुलों-रेलगाड़ियों को तोड़ा
पूरे बस को बम से उड़ा दिया
जाने कितने
गाँव के गाँव उजाड़े
घर के घर ख़ाली करा दिया
कितनी माँ-बहनों को आत्महत्या करने पर मजबूर कर दिया
गीता, क़ुरान के पन्नों को फाड़ा
सड़कों पर गलियों में बिखेर दिया
मंदिरों में गो-मांस,
मस्जिदों में सूअर फिंकवा दिया
चौपालों से चौराहों तक
चीख़, बिलख और चीत्कारों का
एक सुर छेड़ दिया
और फिर
हमने ही
धर्म और जेहाद में शहीद
अपने भाइयों के जनाज़े जुलूसों में निकाले
बदले की क़समें खायीं
उनकी लाशों के साथ
अपनी इन्सानियत को क़त्ल कर
जलाया, दफ़न कर दिया
फिर सबने मिलकर
तीन-तीन मुट्ठी डाला और
तीन अँजुली जल चढ़ाया
और लौट आये।

17- असभ्य मानव

सभ्यता और
विकास की कहानी -
कँकरीली-पथरीली सड़कें
बड़ी-बड़ी इमारतें
महल, मीनार और क़िले
युद्धों की नक्काशियाँ
क्या है यहाँ -
विशेषीकरण, श्रम-विभाजन
काले, लाल, गोरे गुलाब
अगड़े-पिछड़े,
विकसितों और अविकसितों की क्यारियाँ-फूल
प्रगति का नाम खुलापन
विकास का नाम नंगापन
जीना है तो किसी को मारो
खाना है तो जाओ छीन लो
रहना है तो किसी को बेघर करो
भौतिकता की चादर ओढ़े
स्वार्थपरता का नक़ाब लगाये
किसी के हक़ की रोटियों से
'फाइव स्टार' होटलों का 'डिनर'
पार्टियाँ, क्लब, सेमिनार...
पढ़े-लिखे, विद्वानों, चिन्तकों की बैठकें
ग़रीबों की सुविधाओं के समझौते

मानवता के विकास की कहानियाँ -
सभ्यता के हथियारों का निर्माण
इसकी क़ीमत यही है
इसका रास्ता यही है
यदि यही है एक सभ्य मानव
तो बेहतर है,

मेरा यूँ ही भूखे-नंगे-अनपढ़
बनकर रहना असभ्य मानव।

18- बापू! तुम ज़रूर आओगे

बापू !

तुम कहाँ छुप गये हो

क्या तुम देख नहीं रहे हो

'माँ' की गोद में किलकारी नहीं

चीखें गूँज रही हैं

उसके पुत्र उसी के अंगों को नोच रहे हैं

तुम्हारा लहू व्यर्थ फैल रहा है

चारों तरफ़ उगे काले नाग

'माँ' का दूध पीकर, उसे ही

डसने की तैयारी कर रहे हैं

बापू ! क्या तुम्हें

इन कोलाहलों में सन्नाटे की आवाज़

नहीं सुनायी दे रही है

तुम्हें उस बिखरे, भयग्रस्त, भावना-शून्य

उस कुत्सित, कुकर्मी, काले मानव की छाया नहीं दिखायी दे

रही है

तुम्हें 'माँ' अपने अस्तित्व के लिए

लड़ती-जूझती नहीं दिखायी दे रही है

'माँ' ने तुम्हारे बन्दरों की तरह

देखना, सुनना और कहना छोड़ दिया है

वो सिर्फ दर्दों को पीने का प्रयास कर रही है

परन्तु ज़ख्मों से टीसते दर्द

हवाओं में ख़ुद ही गूँज रहे हैं

सदैव युवा रहने वाली वह देवी

कैसी जर्जर हो चुकी है

बापू! लगता है

'माँ' अब नहीं बचेगी

उसकी कराह में जीवन के अन्तिम
क्षणों का आर्तनाद है
तुम क्यों रूठ गये हो बापू!
क्या तुम वापस नहीं आओगे ?
क्या हम 'माँ' को यूँ ही मर जाने देंगे।

बापू! हम तैयार हैं
'माँ' का हर भार सहने को
'माँ' के लिए सर्वस्व बलिदान करने को
पर हमें तुम्हारी ज़रूरत है
हाँ बापू! हम बिलकुल अकेले हैं
हमें एक लँगोटी वाले 'गाँधी' की
ज़रूरत है
हमें विश्वास है -
तुम जहाँ भी होओगे
'माँ' के रोम-रोम से फूटती पीड़ा को
अवश्य सुन रहे होओगे
तुम नहीं रुक सकते
'माँ' की वेदना को सुनकर
मुझे विश्वास है बापू
तुम एक बार फिर आओगे
ज़रूर आओगे।

19- रास्ते और मंज़िलें

रास्ते

कुछ नहीं कहते

कभी भी, किसी हाल में,

लोग आते रहें जाते रहें

जब भी - जैसे रहें

घूमते-टहलते, दौड़ते- भागते

शान्ति मार्च करते या

युद्धाभ्यास करते

पानी का 'टैंकर' लेकर या बम गोलों का टैंक लेकर

बच्चे इन पर खेलें या आतंकवादी इन पर भागें...

पता नहीं

रास्तों से लोग आबाद हुए

या लोगों से रास्ता

परन्तु भीड़ बढ़ी है

रास्तों का स्वरूप बदला है

चिकने रास्ते और चिकने हो गये

चौड़े रास्ते और चौड़े हो गये

खुरदुरे रास्ते गड्ढेदार हो गये

गड्ढेदार रास्ते अपने होने का भ्रम ढो रहे हैं

छोटे रास्तों को मुख्य-मार्ग बनाया जा रहा है

पगडण्डियों को समाप्त किया जा रहा है

रास्तों को लोगों से जोड़ा जा रहा है

लोगों को रास्ते पर लाया जा रहा है

पर रास्ते

अब भी वहीं के वहीं पड़े हैं,

जो भी थे जहाँ भी थे

हाँ पहचान बदल गयी है

रास्तों पर अब नहीं दिखते हरे-भरे पेड़

जलप्याऊ और विश्रामालय

रास्तों पर
अब नहीं सुनायी पड़ता
पक्षियों का कलरव
गोरी के गीत
श्रमिकों के समवेत गान

रास्तों पर
अब दिखते हैं
छोटे-छोटे, बड़े- बड़े
चन्द लोगों से आबाद
चमकते, दमकते, गौरवान्वित
मंज़िलों के मीनार
और सुनायी पड़ते हैं
दौड़ते-भागते
बदहवास हुए लोगों के पदचाप
और एक आवाज़
रास्ते और मंज़िलें
रास्ते और मंज़िलें।

20- बेमतलब

धूप, छाँव और मिट्टी
रंग, बहार और व्यापार
कहीं शोर, कहीं धुआँ, कहीं भ्रष्टाचार
भीड़ नहीं भेड़ों का झुण्ड
प्रजातन्त्र नहीं चरागाह
नेता नहीं गड़रिये की बात कर रहा हूँ

देश दुनिया और समाज
राज्य क़ानून और राजनीति
छोटा-बड़ा / अच्छा-बुरा...
नहीं... नहीं... नहीं...
कविता का शीर्षक 'बेमतलब' है
कविता की बातें 'बेमतलब' नहीं हो सकतीं

मैं
घिसे-पिटे, बेमतलब विषयों पर बातें नहीं करूँगा
चाँद और चाँदनी-
पहाड़ों से निकलता सूरज
नदी का किनारा
पार्क और प्राकृतिक दृश्य...
नहीं
तो फिर क्या...

टेक्नोलॉजी / साइंस / कम्प्यूटर
मासकम्युनिकेशन / ग्लोब्लाइजेशन...
नही ! नहीं
धर्म नहीं / अर्थ नहीं / काम नहीं
फिर क्या
मोक्ष या फिर अध्यात्म

नहीं ...भाई नहीं...
तुम नहीं समझोगे
मैं बेमतलब की बातों पर बहस नहीं करता
मैं तुम्हें समझा सकता हूँ
यदि समझ सको
लेकिन फिर तुम्हें चाहिए भाषा
भाषा कमीशनखोर है भावनाओं का
जो बेमतलब है।

21- ज़िन्दगी चलती जाती है

थका हुआ इन्सान

खोया हुआ जज़्बा

बेमक़सद और बेमानी-सा जीना

और इन्हीं में कभी कोई मिल जाता है

कोई मिलते-मिलते रह जाता है

लम्हे फैलकर पूरी ज़िन्दगी समेटने लगते हैं

निराशा के बादल छँटने लगते हैं

मौसम खुशगवार हो जाता है

बादल बरसे,

न बरसे

जंगलों में मोर नाच उठते हैं

बच्चे घरों से बाहर निकल आते हैं

कहीं से जीने का कोई जज़्बा मिल जाता है

जी बहुत चाहता है

वक़्त थम जाय

मगर बादल बरसे न बरसे

धूप फिर निकल आती है

और ज़िन्दगी चलती जाती है।

22- एक हारा हुआ आदमी

वो
फिर से मोतियाँ इकट्ठा करता है
एक हार बनाने को
घास-फूस और तिनके तलाशता है
एक नीड़ बनाने को,
अक्सर नदी और समुद्र के किनारे
लहरें देखता है,
गीली रेत तलाशता है
एक घर बनाने को

वो
पाया जाता है
अक्सर सोते-हुए दिन में
दिवास्वप्न देखता है
बरबादियाँ भुलाता है
जिन्हें भोग चुका है

वो
कोई कैनवास उठा लेता है
कोई भी रंग
कोई भी कूची
एक चित्र उकेरने की कोशिश करता है,
जो अब बेमानी है,
जीवन-भर का निराशावादी
बड़ी ही आशावादिता से
हर काम करता है

अब वो
आस्तिक है, अच्छा है...

पर बेकार है
शायद यही उसके जीने का बहाना है

वो
फिर से मोतियाँ इकट्ठा कर रहा है
एक हार बनाने की कोशिश कर रहा है, उस गले के लिए
जो अब नहीं है।
वो एक हारा हुआ आदमी।

23- सीधी सड़क

निजी ज़िन्दगी
बिलकुल अपनी
अपनी सोच / अपने सिद्धान्त / अपनी धारणाएँ
अपने पूर्वाग्रह
और भी जाने क्या क्या
अपना / बिलकुल अपना
उसकी अपनी एक दुनिया है -
अपना एक वजूद है
अपने सच / झूठ हैं

एक और ज़िन्दगी
बिलकुल अपने जैसी
मगर बाहर की
उनकी सोच / उनके सिद्धान्त / उनकी धारणाएँ
उनके पूर्वाग्रह
और भी जाने क्या क्या
उनके / बाहर के
इन्हें भी वह जीता है
माफ़ कीजिएगा,
जीने की कोशिश करता है
अपनी ज़िन्दगी भी जीता नहीं
जीने की कोशिश ही करता है
कभी - कभी / कहीं - कहीं
अपनी और उसकी ज़िन्दगी
मिलती है / मिलती हुई प्रतीत होती है
और बिलकुल विरोधी हो उठती है
वो किसी एक को जीना चाहता है
कभी तो जी लेता है,
कभी जी रहा होता है

और कभी –
जी पाने की हिम्मत भी नहीं कर पाता
आपको भी वो
उलझा हुआ लगता है न !
और फिर भी उलझता ही जा रहा है
सड़कों की तरह
एक 'सीधी-सड़क' की तलाश में।

24- नववर्ष

अभी तो
पिछला क़र्ज़ चुका नहीं पाया
कि फिर नववर्ष आया
खैर -
आपके बधाई की क़ीमत
तो चुकानी ही होगी
बच्चों से छुपाकर बनायी खीर
खिलानी ही होगी
आप कहते हैं तो -
नववर्ष के रसगुल्ले से मुँह तो मीठा कर लूँ
पर 'बेटी की बढ़ती उम्र का कसैलापन'
कहाँ थूक दूँ?
ठीक है
मेरे बाप नहीं थे
पर बच्चों के अरमानों का गला
कहाँ घोंट दूँ
आ तो गया हूँ
आपकी महफ़िल में
पर वो टूटी साइकिल
पहली कमायी का पैबन्द लगा कोट
कहाँ फेंक दूँ?
बहुत सम्मान है यहाँ
मगर वो पिछला अपमान
टूटते सपनों के सूनी आँखों का आँसू
महँगाई का कमर-दर्द
अपनी किताबों के फटे पन्नों से
कहाँ मुँह मोड़ लूँ?
और तो और
एहसासों की वह कविताएँ

जो पिछले वर्ष नहीं छप सकीं
उन एहसासों को
कहाँ फेंक दूँ?
परन्तु ठहरिये!
मेरे इस हाल पर
आपको कुछ सोचने की ज़रूरत नहीं है
क्योंकि
मेरी भी तो
अब मुस्कुराने की आदत नहीं है।

25 - आओ दीप जला लें

आओ हम-तुम-सब मिलकर
धूप-दीप-घी और बाती बनकर
ख़ुद जलकर, सर्वस्व मिटाकर
एक नया प्रकाश फैला दें
आओ दीप जला लें।।

जाति-पाँति, भाषा, रिश्तों में
दर्प-दम्भ, द्वेष-दुष्कर्मों में
ख़ुशियों के मङ्गल अवसर पर
आतिशबाजी-सी आग लगा दें
आओ दीप जला लें।।

सब कोई मिलके साथ में चलके
बैर-भाव को अब दूर भगा के
पास-दूर की सीमाओं पर
आज मिलन के गीत गुनगुना लें
आओ दीप जला लें।।

दीप-मालिका के पुंजों से
कुछ ऐसी किरणें छिटका दें
कोने अँधियारे चमक उठें
ऐसा भी एक दीप खिला दें
आओ दीप जला लें।।

कोई सफ़ाई, कोई रँगाई
कोई धूप-घी, बाती लाना
सबने मिलकर जिसे बनाया
आओ वो संसार सजा दें
आओ दीप जला लें।।

 उलझी ड़ोर / अजय प्रताप श्रीवास्तव

26 - अब भी बाक़ी है

झुरमुट, वन
जंगलों को लाँघते
शून्य के महानतम आँगन में
एक कोने की तलाश
अब भी बाक़ी है।

बिखरना, उजड़ना
टूट जाने का भय
हवाओं का शोर
चाँदनी की चहल-पहल में
शान्ति के एक टुकड़े की तलाश
अब भी बाक़ी है।

बहुत घर हैं
हमारा भी दिन-रात यहीं गुज़रता है
पर घने-हरे-भरे वृक्षों के वितान में
एक नीड़ की तलाश
अब भी बाक़ी है।

गीतों की गंगा
सुरों का संगम
धरती को समेटे संगीत के सागर में
अपनी एक आवाज़ की तलाश
अब भी बाक़ी है।

27 - चलो, कहीं और चलें

चलो, कहीं और चलें
दूर... और दूर
बहुत दूर
आसमानों के पार।

चलो, एक घर बनायें
निर्जनों में
प्रकाश की दीवार
अँधेरों का छप्पर
चाँदनी की खिड़कियाँ

चलो कहीं और एक दुनिया बसायें
पेड़ों की छाँव
कन्दराओं
पहाड़ों की गुफ़ाओं
बिन बनाये घरों में बस जायें।

चलो एक संस्कृति रोपें
रिश्तों-नातों से दूर
हया, वफ़ा, देश, धर्म, जाति
मानवता की भी नहीं
सिर्फ़ जीने और मर जाने की।

चलो कहीं एक ज्ञान खोज़ें
शाश्वत, सार्वभौमिक
सापेक्षताओं
मान्यताओं से परे
आओ क्यों न
एक बड़ा-सा शून्य बना लें।

28- कोई नाम

नर्तकी या कलाकार कहना
उसे सीमित करना होगा
मुझे क्या हक़ है
उसे संकुचित करने का
कला की कुछ निजी मान्यताओं में
बाँधने का।
बहुत भीड़ होती है -
उसकी 'डान्स-पार्टी' में
वो ख़ूबसूरत है
जवान है
नाचती है, गाती है, इशारे करती है
अश्लील तरीक़े से आमन्त्रण देती है
सबकी चहेती है
हर दिल पर राज करती है
शहर के हर कोने में उसके प्रशंसक हैं
परन्तु आलोचक भी कम नहीं

हर नर्तकी की तरह
उसके पीछे भी
एक दर्द भरी कहानी है
बेसहारा बूढ़ी माँ
दो छोटी बहनें
एक छोटा भाई
भेड़िया समाज
मोहताजगियाँ...आदि आदि

बन्द कमरे में
अकेले एकान्त में
बूढ़ा, बच्चा, जवान...

अभिजात्य, मज़दूर...
वो हर दिल की धड़कन है
उसकी घोषणा है - वो किसी की नहीं
लेकिन सारा शहर उसका है

क्यों न हो
आख़िर कहाँ मिलता है
इतने पैसों में
रिश्ते-नाते, परिवार, व्यवहार
बीवी-बच्चों
से इतनी ख़ुशियाँ

सच है
वो बुरी है
मगर यक़ीनन अच्छी भी लगती है
इसीलिए तो वह सिर्फ़ कलाकार नहीं है
और मैं ढूँढ़ रहा हूँ
कोई सम्बोधन
जो उससे पूरा परिचित करा सके
ऐसा कोई नाम।

29- एक कविता का जन्म

गुज़र जाते हैं
कितने बड़े-बड़े हादसे
बीत जाती हैं
कितनी आसानी से / कितनी ख़ुशियाँ
हाथ आते हैं कितने अवसर
ढेर सारी कविताओं के जन्म का...
फिसलता रहता है,
रेत की तरह वक़्त
गर्भपात हो जाता है
कितनी रचनाओं का, एक रूप लेने से पहले
आख़िर यह भी तो आवश्यक है
गर्भ में पलता बच्चा
सामाजिक मान्यताओं पर वैध हो
इस धरती पर आने के बाद
उसके लिए
रोटी, कपड़े और मकान का इन्तज़ाम हो
उसके विकास के लिए
उर्वरा भूमि, उचित तापक्रम, जल, जगह
खाद और पानी हो
आख़िर पढ़ी भी तो जानी चाहिए
कविता,
छपी और सुनी भी तो जानी चाहिए
कविता,
इस दौर में
कितने मजबूर हैं जज़्बात भी
कितना मुश्किल है
एक कविता को जन्म देना।

30- उलझी डोर

मैं और मेरी ज़िन्दगी,
बुढ़िया के कच्चे सूत की तरह
उलझ जाती है।

बुढ़िया सुलझाती है,
डोर की किसी छोर के साथ
मेरी ज़िन्दगी,
सुलझ-सी जाती है।

मगर
यह क्या!
एक और गाँठ,
कच्चा सूत,
खींचने पर टूटने का भय...
और फिर
बुढ़िया उसे सुलझाती है।

मगर डोर
मेरी ज़िन्दगी की तरह
एक बार फिर-
उलझ जाती है।

31- जिजीविषा

जीवन

एक अन्तर्द्वन्द्व, असमंजस, ऊहापोह

हर वक्त

एक तलाश,

सवालों का चक्रव्यूह,

ख़्वाबों के तीर,

यथार्थ की धरती पर सर पटकती,

हवाओं और लहरों के थपेड़े,

समस्याओं की सुरसा,

आवश्यकताओं का समन्दर

डगमगाती नैया

सफ़र पूरा करती ज़िन्दगी

जीर्ण-शीर्ण स्थिति

आसमान में छाये काले-लाल बादल

तूफ़ान का अन्देशा

छिद्रयुक्त पाल

टूटी हुई पतवार

थकी हुई हिम्मत,

कहीं दूर- अति दूर

टिमटिमाता दिया

जाने तारा... जुगनू...

या फिर भ्रम।

बढ़ी हुई चैतन्यता

जाग्रति और जोश

हवाओं के साथ

खिंचा हुआ पाल

पतवार पर चलते तेज़ हाथ

तूफ़ान शुरू हो गया

फिर भी अभी शेष है

’जिजीविषा’।

32 – बेचैन इच्छा

मेरी
बेचैन इच्छा...
व्याकुल-सी
अब भी कुछ खोज रही है,
नित नये स्वप्न
यथार्थ की धरती पर बिखर जाते हैं।
फिर भी बुनती है
एक और स्वप्न
धरातल पर कल्पनाओं का अक्स
खींचने का एक और प्रयत्न
जीने के लिए,
कभी धन पाकर शान्ति की खोज में भटक जाती है,
और कभी
ज्ञान की ऊबन,
उसे वैभव की चकाचौंध तक खींच लाती है,
स्वार्थ, दम्भ और द्वेष...
बना रहे एक विकृत परिवेश
इन्हीं में ढूँढ़ती इच्छा,
निज जीवन का उद्देश्य,
प्रगति की दौड़...
एक और ईंट
हर ईंट के ऊपर रखने की होड़
कहाँ कौन-सी
किस मंज़िल की तलाश में,
कल्पनाओं और सम्भावनाओं की भूलभुलैया,
व्यवहार में टूटते सिद्धान्त
आदि और अन्त की मृगमरीचिकाओं में उलझती
सुलझाती
अब भी ढूँढ़ रही है

अपना लक्ष्य
जीवन का उद्देश्य,
धन, ज्ञान और यश के सहारे,
सुख, शान्ति और वैभव के लिए।

33 - अन्तर्द्वन्द्व

मैं ख़ुश हूँ / उदास हूँ
दिल बेचैन है / शांत है
एक ऊहापोह
क्या सच / क्या झूठ
क्या करूँ / क्या न करूँ
कभी उड़ने लगता हूँ
आकाश की अनन्त ऊँचाइयों में
कभी उठ भी नहीं पाता,
कुछ दूर चलकर
गिर पड़ता हूँ / लौटने लगता हूँ
अपने ही धरातल को
सच मानता हूँ / झुठलाता हूँ
आक्रोश / समझौते / कुण्ठा
क्रान्ति / परिवर्तन / यथास्थिति
क्या है...
मैं क्या मानता हूँ
क्या चाहता हूँ मैं
पर यह तो जानता हूँ मैं
पर, क्या वास्तव में ?
शायद / यक़ीनन
पर, मेरी तलाश / चाहत
मुझे क्या चाहिए...
मैं क्या तलाश रहा हूँ ?
बताता हूँ / पर रुकिये !
मैं जरा जान लूँ
पक्का-पुख़्ता कर लूँ
यह कविता - (है / नहीं है)
मैं कभी फिर पूरी करूँगा
फ़िलहाल,

मैं जा रहा हूँ -
कहाँ ?
पता नही कहाँ...
अपनी तलाश, तलाश करने।

34- जीवन

सोता हूँ, तो सपना जीवन
जगता हूँ, तो चलना जीवन
रोता हूँ , तो मरना जीवन
हँसता हूँ, तो जीना जीवन
मैं न समझूँ क्या है जीवन

व्यापारी से पूछा-
तो कुछ खोना, कुछ पाना जीवन
प्रेमी से पूछा -
तो घुट-घुटकर मर जाना जीवन
संन्यासी से पूछा -
तो कहाँ है जीवन, कैसा जीवन
पीने वाला चिल्लाया -
पीना और पिलाना जीवन
 मैं न समझूँ क्या है जीवन

कुछ पास नहीं तो-अर्जन जीवन
अर्जन है तो अर्पण जीवन
मैं प्यासा तो मृगतृष्णा जीवन
मैं न समझूँ क्या है जीवन।

35 - सुख

मेरे कटे-फटे कपड़े
घनी-बढ़ी दाढ़ी
बिगड़ा-बिगड़ी सा रूप
मगर
तुम मेरी चिन्ता क्यों करते हो
तुम मेरे लिए क्यों रोते हो
तुम मेरे लिए प्रजातन्त्र का नारा देते हो
तुम मेरे लिए समाजवाद पर गला फाड़ते हो
आखिर क्यों ?
मुझे नहीं चाहिए तुम्हारी
ये कोठी, ये 'बिल्डिंग', ये मोटर, ये कारें,
ये शान-शौकत, ये रंग बहारें
क्योंकि
मैं जानता हूँ
तुम्हारा सच, तुम्हारी असलियत
सिर्फ़ तुम्हें देखकर
जिसे तुम खोज रहे हो पाकर
उसे मैंने पाया है गवाँकर।

36 - ज़िन्दगी

ख़ूबसूरत फ्लैट
वातानुकूलित कमरे
सुख-सुविधाएँ
ऐशो-आराम,
पैसों से ख़रीदते
पैरों तले बिछाये-
बड़े-बड़े शहरों में
चौड़ी-चौड़ी चिकनी सड़कों पर
चमचमाती कारों का काफ़िला
और जैसे-
दौड़ की होड़ में
चलती-भगाती
उड़ रही है ज़िन्दगी
विडम्बना यह कि
वहीं,
दिनों और रातों में
सिकुड़ती - फैलती
केंचुए की तरह घिसटती
लक्ष्य से बहुत पहले ही
थक गयी है ज़िन्दगी
अक्सर क्या
लगभग हर बार
सिकुड़कर
पूरे दम से एक बार में ही
फैलकर
छोर को छू लेने का
दुस्साहस करती
और हर बार
हार जाती है ज़िन्दगी

चन्द पैसों की मोहताजगियाँ
बीमारियाँ, ख़ातिरदारियों
इज़्ज़त और
समाज का-
'लोग क्या कहेंगे' के
ढकोसलों में उलझी
सवेरे की सुन्दर कल्पनाओं को सँजोये
हर शाम में उलझ जाती है ज़िन्दगी

37 - बसन्त

बसन्त !
तुम आ गये
चलो अच्छा हुआ
मेरे लिए जीने की कुछ आस ला गये
मैं फिर खोजूँगा,
कुछ ख़ुशियाँ
भूलने की सोचूँगा,
कुछ बेचैनियाँ
इन पर्यावरणीय प्रदूषणों में
पिऊँगा कुछ प्याले
तेरी शुद्ध मस्त हवाएँ
कुछ अँजुलियाँ
तेरी बहारें।

थक गयी हैं आँखें
'पॉलिश' की चकाचौंध से
ऊब गया है मन
चिन्तनों के बोझ से
सोचता हूँ
क्यों न भर लूँ ये हरियालियाँ
क्यों ना जगा दूँ कुछ सोई हुई कलियाँ
तितलियाँ बन जाऊँ या भौंरे
फैल जाऊँ
और बन जाऊँ चकोर।

छीना-झपटी नोच-खसोट में
बचा रहा हूँ अपना अस्तित्व
उलझनों में सुलझा रहा हूँ
अपना व्यक्तित्व

क्यों न खो जाऊँ
बिखर जाऊँ तुममें
चलूँ तेरे साथ
और रह जाऊँ।

पर तुम भी साथ नहीं दे पाओगे
तुम भी चले जाओगे
बहारें हो न रूठ जाओगे
चाहतें हो न बिखर जाओगे
फिर भी तुमसे दिल लगाऊँगा
जीने की कुछ आस जगाऊँगा।

38 - तेरा साथ

मैं थम-सा गया था
या तुम
तेज़ आ गये थे,
शायद
मैं दौड़ पड़ा था
तुम रुक गये थे
हो सकता है
हम दोनों ने साथ ही चलना शुरू किया हो
हमारे बीच का कुहरा
छँट गया हो
जो भी हो
हम इस सफ़र में क़रीब आ गये थे
हमारा कुछ क़दमों का साथ था
हम जाने-अनजाने साथ चले थे
पर हम इसलिए नहीं दौड़ रहे थे
यह हमारी नियति नहीं थी
हो सकता है,
कल कहीं फिर
हम मिल जाएँ
कुछ क़दम साथ चलें
और बिछड़ जाएँ।

39 - रिप्लान्टेशन

एक पौध
'रिप्लान्टेशन' करना चाहता हूँ
मन की क्यारी से
दिल के स्वच्छ ख़ाली
आँगन के कोने में
रोपना चाहता हूँ

क्या चल पायेगा
वह पौध
क्या खिल पायेगा
वह ख़ूबसूरत फूल
शून्यसच की गहराइयों में
क्या सिर्फ़ हवा, पानी और सूर्य की रौशनी से
जी पायेगा ?
अपना भोजन ले पाएगा ?

निकालना भी तो मुश्किल है -
समय, परिस्थिति और जुगाड़ों की धरती से
ढकोसलों की खाद -
रस्मों का पानी -
विनिमय-व्यवहारों की धूप से,

कई बार सोचा है
हाथ बढ़ाया है
खोदने का दुस्साहस भी किया है
पर कभी आगे नहीं बढ़ पाया
सफल नहीं हो पाया
कैसे बढ़ पायेगा यह पौध
कैसे खिल पायेगा इसका फूल

सूना रहे
मेरे दिल का आँगन
न खिले कभी फूल
नहीं करूँगा - 'रिप्लान्टेशन'
नहीं सूखने दूँगा
प्यार का एक पौध
एक ख़ूबसूरत फूल।

40- तलाश

एक तलाश
सदैव की तरह
शुरू से शुरू होकर
अब भी, अब तक जारी है
आबादियों से वीरानियों तक
धरती से सितारों तक
अपनों से बेगानों तक
धरातल से ख़्वाबों-कल्पनाओं तक
मुहब्बतों से दुश्मनियों तक...

आख़िर कितना सोचेगा
कुएँ का मेढक
क्या जान पायेगी
तालाब की मछली
धरती पर
ब्रह्माण्ड की क्या और कैसी कल्पना

समेट लिया है हमने
सारी दुनिया को
अपने चन्द क़दमों के मकानों में,
समेट लिया है -
अविच्छिन्न, अविरल, अनश्वर समय को
अपनी-अपनी ज़िन्दगी के चन्द लमहों में
सिमट गये हैं हम
चित्रों के कुछ छोटे-छोटे फ्रेमों में
परन्तु,
कभी न कभी तो बाढ़ आयेगी ही
कुएँ का पानी नदी से
नदी समुद्र से

समुद्र सारी धरती पर फैलेगा
धरती, आसमान से मिलेगी
फिर कहाँ तलाशेंगे हम
अपने आपको
डूब जायेंगे, खो जायेंगे
कभी न उबर पाने के लिए

लगता है
सदैव की तरह
इस बार भी जारी रहेगी
एक तलाश
अपने पहचान की
अपने आपको पहचानने की।

41- उलझन

मैं उलझा हूँ
या फिर उलझा देती है
यह ज़िन्दगी
समय और परिस्थितियाँ
विचार और विचारधाराएँ
मन और मान्यताएँ
क्षणों में ही तो
सब बदलने लगता है
बदल जाता है
मैं ख़ुश हो जाता हूँ
ग़मगीन हो लेता हूँ
कुछ खोकर, पाने के लिए
फिर दौड़ जाता हूँ
मैं ही तो
ख़ुश होना चाहता हूँ
उदास होना चाहता हूँ
फैलना और बिखरना चाहता हूँ
जीना और मरना भी,
मेरे लिए ज़रूरी हो जाता है
मैं स्थायी नहीं हूँ
पर तलाश रहा हूँ चिर-स्थायित्व
हर पल बदलती
परिस्थितियाँ, मान्यताएँ
मुझे विवश करती हैं
नये-नये प्रतिमान, सत्य एवम्
आदर्श स्थापित करने को
मैं स्थापित करता हूँ
नये-नये सत्य, आदर्श
और फिर तलाशता हूँ

उनमें ख़ुशियाँ ग़म, शान्ति और सौहार्द
अस्थिरताओं और परिवर्तनों में
स्थायित्व ठहराव
समझकर भी समझा नहीं पाता स्थिरता में गति
उलझनों में सुलझन
क्रान्तियों में शान्ति
और फिर,
समझकर भी मैं उलझ जाता हूँ
एक बार फिर उलझ जाता हूँ।

42- ज़िन्दगी को

असफलता,
...असफलता
एक और असफलता
फिर एक और असफलता
मैं
किन नज़रों से देखूँ
ज़िन्दगी को

मौत,
फिर मौत...एक और मौत
मौत दर मौत
यहीं, मेरे साथ
मेरे आस-पास
मैं,
क्या और कैसे समझूँ
ज़िन्दगी को

बीवी-बच्चे, माँ-बाप
भाई-बहन, रिश्ते-नाते
समाज-देश-दुनिया
अच्छा-बुरा, झूठा-सच, पाना-खोना
जीना-मरना
कुछ भी तो नहीं मेरे अख़्तियार में
किसी को
कुछ भी तो नहीं दे सका
मैं अब क्या दूँ
कैसे दूँ
ज़िन्दगी को

43- नियन्ता

प्रभु!
तुम नियन्ता हो
सर्वज्ञ, सर्वशक्तिमान, सर्वव्यापी हो
सब तुम ही करते हो
फिर मुझे
मेरे द्वारा किये जाने का भ्रम क्यों देते हो ?
ऐसा होना चाहिए,
ऐसा नहीं होना चाहिए, की सोच
क्यों देते हो ?
तुम जो भी चाहो करो
पर मुझे,
वह सब कुछ
समझने-सहने की शक्ति दो

कितनी छोटी समस्या,
मेरे लिए कितनी बड़ी हो गयी है
यदि मैं नासमझ हूँ
तो मुझे वह समझ दो
यदि मैं आलसी हूँ
तो कार्य करने की शक्ति दो
यदि मैं अहंकारी हूँ
तो मुझे नश्वरता का ज्ञान दो,
मेरा अहंकार हर लो
हे प्रभु
मुझे शान्ति दो
मुझे अपनी शरण में लो।

44- हे ईश्वर

वे कहते हैं -
कोशिशें कामयाब होती हैं
मेरी हर कोशिश नाकामयाब हुई

वे कहते हैं
चलते रहो-चलते रहो
मंज़िलें रास्तों पर तय होती हैं
मैं
चलता रहा, चलता रहा
और रास्तों में ही खो गया

वे कहते हैं -
ज्ञान प्राप्त करो
ज्ञान सारा भ्रम मिटा देगा
सारी समस्याएँ सुलझा देगा
मैंने ज्ञान प्राप्त किया -
भ्रम बढ़ा लिये
समस्याएँ बुला लीं

वे अब भी बहुत कुछ कहते हैं -
पर अब मैं सुनना नहीं चाहता
वे अब भी मुझे समझाते हैं
पर अब मैं समझना नहीं चाहता
वे मुझे मेरी कमियाँ बताते हैं
पर अब मैं उन्हें दूर नहीं करना चाहता

हे ईश्वर !
अब मैं ज्ञान से परे जाना चाहता हूँ
अबोध बनना चाहता हूँ

अब मुझे 'ज्ञान का फल' नहीं खाना है
वह पुरानी पौराणिक 'आदम' की ग़लती नहीं दुहराना है
बस... केवल और केवल
तुम्हारी शरण आना है।

45- अब मैं क्या करूँ

समुद्र के उस तूफ़ान ने
मेरी नाव तोड़ दी थी,
पाल, चप्पू ज़ाने कहाँ खो चुके थे
मैंने अपनी बुद्धि, विवेक, साहस...
सबको आज़मा लिया था
मैंने अपनी इस यात्रा के लिए
ज़िम्मेदार -
सभी व्यक्तियों, परिस्थितियों
समय एवं स्वयम् को कोस लिया था
ईश्वर से भी
शिकायतें कर चुका था,
नाव की टूटी पट्टी पर
बैठे-बैठे
अपनी उसी बुद्धि, विवेक,
साहस और ईश्वर के सहारे,
ठण्ढी और गहरी
मृत्यु के लिए

पर तभी मुझे दिखा
कुछ ही दूरी पर
समुद्र का किनारा
और मैं
एक बार फिर 'मुमूर्षा' को त्याग
'जिजीवषु' हुआ
मैंने अपनी बुद्धि, विवेक, और साहस
को इकट्ठा किया
अपने ईश्वर को याद किया
और
मृत्यु की ठण्ढी और गहरी खाई से

निकलने के प्रयास में लग गया
अब किनारा बिलकुल मेरे सामने था
परन्तु यह क्या !
नाव की बची हुई पट्टी भी टूट गयी
मैं फिर
मृत्यु की अनन्त गहराइयों की तरफ़ बढ़ने लगा

अब मेरे पास
न तो मेरी बुद्धि है, न साहस है
न परिस्थितियाँ हैं, न समय है
न मेरा ईश्वर है
और न ही मैं स्वयं हूँ
जिसे मैं कोस सकूँ
जिससे मैं शिकायतें कर सकूँ
जिस पर मैं फिर से भरोसा कर सकूँ
या फिर -
जिसे मैं आज़मा सकूँ
आप बता सकते हैं
कि अब
मैं क्या करूँ !

46- प्रश्न

क्या है

मेरा लक्ष्य

जहाँ मैं जा रहा हूँ

क्या है

वह अन्तिम सत्य

जिसके लिए

मैं नित नये- नये सत्य बना रहा हूँ

नये-नये प्रतिमान स्थापित कर रहा हूँ

क्या है

जिसे मैं चाहता हूँ

जिसे मैं खोज रहा हूँ

क्या हूँ मैं

कौन हूँ मैं

जिसे अलग-अलग पैमानों पर माप रहा हूँ

अपना अस्तित्व तलाश रहा हूँ

अपने आपको

पहचानने की कोशिश कर रहा हूँ

हाँ, अब भी है -

सदैव की तरह,

मेरे सामने यह एक प्रश्न।

47- एक कहानी

एक कहानी
ज़िन्दा कर रहा हूँ
ख़ुद ही जीने की कोशिश
जी भी रहा हूँ
उस रास्ते को छोड़ दिया
जहाँ लगभग सब-कुछ तय ही था
अब
चौराहे पर खड़ा
गलियाँ खँगालता,
सड़कें तय करने का प्रयास
और चलता जा रहा हूँ
बिलकुल कहानीकार के क़लम / उसकी सोच की तरह
हो सकता है
नायक बुलन्दियों पर पहुँच जाए
पहुँचते-पहुँचते रह जाए
डूबे-निकले
या फिर राहों में खो जाए
अक्सर यह भी तो होता है
कहानी का अन्त कहानी में नहीं
पाठक की इच्छा पर
छोड़ दिया जाता है।

48- अतीत मोह

दिसम्बर की कुहासे भरी ठण्ढी रात
वही पुराना लैम्प पोस्ट
जेबों में हाथ ड़ाले
हम लौट गये थे
कितने आहिस्ता से,
दूर, बहुत दूर
अपनों में, सपनों में
कविताओं में, कोमलताओं में
इच्छाओं में, विश्वासों में
एक-दूसरे का हाथ थामे
समय के हिचकोले लेते
हमने कितनी यात्राएँ तय कीं
कभी कविता सच्ची हुई कभी सपने
कभी इच्छाएँ बढ़ीं कभी विश्वास
कभी सब गडमड हो गये
कभी सब झूठे लगे
हम बढ़ते रहे-बढ़ते रहे
सफ़र - दर - सफ़र
फिर जाने कितने नये-पुराने प्रतिमान
जोड़े / तोड़े / गढ़े
कितनी समीक्षाएँ कीं
कितने निष्कर्ष निकाले
जाने क्या क्या याद किया
जाने क्या क्या भूलने की कोशिश की
लेकिन फिर,
गिरिजाघर के घण्टे ने
हमें बाहर निकाल लिया
'अतीत-मोह' से
घर पर पत्नी अकेली है

बच्चे की तबियत ठीक नहीं है
सुबह जल्दी उठना है
तुम्हारी भी तो माँ इन्तज़ार कर रही है
तो...
फिर कभी सोचेंगे / बताएँगे
क्या था इस अतीत-मोह में
जब कभी
दिसम्बर की कुहासे भरी ठण्ढी रात होगी
वही पुराना लैम्प-पोस्ट होगा
तुम होगे, मैं होऊँगा
और जेबों में हमारा हाथ होगा
अच्छा तो...
ओ0के0 - गुडनाइट - शुभ रात्रि।

49- दूरियाँ

भले ही
एक लम्बी यात्रा का परिणाम हो
अमेरिका, अफ्रीका...
आदि की खोज,

भले ही
तय कर लिए हों मानव ने
बड़ी-बड़ी दूरियाँ
नाप लिये हों
चन्द फुट के क़दमों से
पूरी पृथ्वी की सीमा
नापी जा रही हो -
अनन्त की लम्बाई-चौड़ाई

भले ही
भूमण्डलीकरण से बढ़ रही हो
दुनिया एक इकाई की तरफ़
समेट दिया हो
संचार-क्रान्तियों ने सभी दूरियों को

पर, अब भी -
नहीं मिला है
कुछ दूरियों का पैमाना
उन पर चलने का साधन
इसीलिए तो,
कुछ दूरियाँ जीवन भर में
नहीं तय हो पाती हैं
जैसे मैं तुम्हारा पता
जानते हुए भी

नहीं मिलता...
तुम जो भी समझो।

50 - बन्द दरवाज़े

जी हाँ!
मैं अपने कमरे के दरवाज़े हमेशा बन्द रखता हूँ,
यहाँ
मेरे सिवा कोई नहीं रहता
कोई रह भी नहीं सकता
इन फ़ज़ाओं में-
सिर्फ़ मेरे ख़्वाबों, आरज़ुओं की धूप-छाँव होती है,
मेरे तमन्नाओं, एहसासों की हवाएँ गूँजती हैं,
मेरे साँसो की गन्ध रहती है,
मेरे सिगरेटों के धुएँ रहते हैं
हाँ, मैं
आदी हूँ अपनी गन्ध का
मैं रहता हूँ, जीता हूँ,
सिर्फ़ अपनी गन्ध में
पर यह क्या
'कुछ खोयी-कुछ पायी' जैसी अजीब-सी गन्ध,
मेरे कमरे में
मेरे बन्द दरवाज़े से चली आयी
शायद
तुमसे मिलने के बाद मेरी तमन्नाओं ने मुझे बहकाया था,
मैं दरवाज़ा खुला छोड़ आया था
और तुम मेरे साथ मेरे कमरे में चली आयी।

अब मैंने,
अपने बन्द दरवाज़े की कुण्डी सरका दी है
अब मैं,
तुम्हारी गन्ध में अपनी गन्ध खोजता हूँ
तुम्हें सूँघता हूँ
ख़ुश होता हूँ, बेचैन हो जाता हूँ।

कल
पड़ोसी बुढ़िया की कोयले वाली भट्टी के उठते धुएँ से,
मेरा जी घबड़ाने लगा था
पर मैंने
अपने दरवाज़े बन्द नहीं किये
तुम्हारी गन्ध सूँघते-सूँघते
शहर के बाहर की पुलिया पर आ गया सुहानी शाम में,
चाँदनी रात में,
सच... तुम खूब महकीं।
कभी दरिया के किनारे
पुराने खण्डहर के पत्थरों के सहारे
नदी की रेत में
पार्क के कोने में
अक्सर किसी सुनसान जगह में
अपने सिगरेट के धुओं में
मैं तुम्हें सूँघता हूँ
तुम्हें खोजता हूँ
तुम्हें पाता हूँ।
अब मैंने
अपने 'बन्द-कमरे' के 'बन्द दरवाज़े' खिड़कियाँ और उन
पर लटके परदे
सब खोल दिये हैं।
मैं 'एग्जॉस्ट फ़ैन' से अपनी गन्ध निकाल देना चाहता हूँ,
मैं सिर्फ़ तुम्हें महकना चाहता हूँ
तुम्हारी गन्ध
तुम्हारी सुगन्ध चाहता हूँ।
तुम भी तो खूब महकती हो
आजकल अक्सर
क्लास में बग़ल की कुर्सी पर
किताब के पन्नों में
और सच

बाल सँवारते वक्त दर्पण में
तुम्हें ही पाता हूँ।

मगर कल अचानक फिर
पड़ोसी बुढ़िया की कोयले वाली भट्टी से बड़ी जोर का धुआँ
उठा
तुम्हारी गन्ध मुझसे दूर होती गयी
मैं दौड़ा
पर ठगा सा खड़ा रह गया
मैंने देखा --
अब वहाँ तुम्हारी गन्ध नहीं,
मेरे अपने गन्दे, तुड़े-मुड़े कपड़े
स्लीपर का घिसा तल्ला
आटे का ख़ाली कनस्तर
'कॉम्पटीशन' की किताबों पर जमी मोटी गर्द
अंतर्देशीय पत्र पर
शब्दों की शक्ल लिये,
बाप के अरमानों और मजबूरियों के आँसू
और मैं
मेरे अन्दर से एक ठण्ढी सिहरन गुज़र गयी
मैंने बुद्धि की चिकनी फ़र्श पर
एहसासों के उगे
नये-नये, हरे-हरे शैवालों को खुरच डाला
गेहूँ की क्यारी में खिलते
गुलाब की कली को कुचल डाला
अरमानों, आरज़ूओं की नयी-नयी
कोंपलों को मसल डाला
'एग्जॉस्ट फ़ैन' से तुम्हारी गन्ध को बाहर कर दिया।
फिर मैंने देखा
अपने 'बन्द कमरे' के खुले दरवाज़े,
खुली खिड़कियाँ, गिरे परदे

एक निस्तब्धता
और भड़ाक ऽऽ
बड़ी बेदर्दी से मैंने बन्द कर दिये
एक बार फिर
अपने बन्द कमरे के
बन्द दरवाज़े।

51 - क्यों

क्यों उमस भरी गर्मियों में बरस जाती हैं
वर्षा की चन्द बूँदें
क्यों सर्दियों में
निकल आती हैं सूरज की कुछ किरणें
क्यों रातों में
चार दिन की होती है चाँदनी
क्यों खिलता है
कैक्टस के काँटों में फूल
क्यों कभी-कभी बहती है
ठण्ढी पुरवा बयार
क्यों कुछ दिनों के लिए बसन्त आता है,
बाग़ों में कोयले कूकती है
क्यों आबाद हो जाते हैं पार्क
शाम के कुछ घण्टों में,
बच्चों की खिलखिलाहट से
अक्सर जब मैं
गर्मियों को / जाड़ों को / रातों को
काँटों को / पतझड़ों को ...
सहने की आदत डालता हूँ
तो कुछ बदलने लगता है,
अच्छा भी लगता है
और फिर खो जाता है।
बेचैनियाँ फिर पीछा करती हैं
जब भी मैं अपनी --
रूखी / बेबस / हताश / निराश...
ज़िन्दगी से मोहब्बत करने लगता हूँ
तुम,
क्यों चले आते हो
थोड़ा-सा प्यार लेकर।

52 – वे क्षण

अथाह अगम जलराशि
चप्पू चलाते
पाल ताने
हवा के साथ
नाविक की मानिन्द
भटका मैं
बेतहाशा अपनी डोंगी खेवे जा रहा हूँ।

शायद अतृप्त-सा
चलते-बढ़ते रहना ही हमारी नियति है।
पर वे क्षण...
क्या मैं,
उन क्षणों को भुला पाऊँगा -
जब, धू-धू उड़ती बालू की अथाह
रेगिस्तानों में
दूर से दिखती
मृगमरीचिकाओं ने
एकबारगी मेरी प्यास बुझायी थी
किन्हीं क्षणों में जीने की आस जगायी थी
जब बँजरो में उगी
कैक्टस की हरियाली नर्म लगी थी
जब अपार सागर में
टिमटिमाते सितारे को देखकर
पल-भर को दीये का भ्रम सुखकर लगा था
जब किन्हीं लमहों में उसने मुझे याद किया था
'सच! वो मुझे पूछ रहे थे'
लफ़्ज़ों की इन चन्द हेरा फेरी में
उसने मुझसे बात किया था
अच्छा लगा था

 उलझी डोर / अजय प्रताप श्रीवास्तव

हाँ सच बहुत अच्छा लगा था
सम्भव है खुशी के इन टुकड़ों को
एक बार फिर,
परिस्थितियों की क़ब्र में डालकर
इन पर समय की मिट्टी चढ़ा दी जाये
पर क्या हुआ...
क्या कोई मेरे जीवन से
समय की इन चन्द लघुकृतियों को चुरा पाएगा
मेरे सुख की अनुभूतियों को,
उन मधुर स्मृतियों को मिटा पाएगा।

53- वक़्त के साथ

वक़्त के साथ -
रात और गहरी हो जाती है
चाँदनी और निखर जाती है
कलियाँ जवान हो जाती हैं
ख़ूबसूरती बढ़ जाती है

वक़्त के साथ
गति बढ़ी है
ज्ञान-विज्ञान बढ़ा है
सोच और समझदारी बढ़ी है

वक़्त के साथ -
रात ढल जाती है
चाँदनी गल जाती है
फूल बिखर जाते हैं
सुन्दरता क्षीण होने लगती है
सूरज निकल आता है
धूप और चटक हो जाती है
रात जाग उठती है
जागती हुई रात सो जाती है

वक़्त के साथ -
प्यार और गहरा हुआ है
घाव और हरा हुआ है
कितना ग़लत था मैं
कि वक़्त के साथ सब धुल जाएगा
प्यार का एहसास भी भूल जाएगा
सच
कितना मुश्किल है

रात के अँधेरों में खड़े होकर
यह जानना कि
रात गहरी होगी या फिर
दिन निकल आएगा
फूल और खिलेगा या फिर
मुरझा जाएगा
प्रगति की गति उन्नति है या फिर
विनाश
कितना मुश्किल है
वक़्त के साथ यह जानना।

54 - मिठाई वाली लड़की

साँवली
मगर तीखे नैन-नक़्श
ख़ूबसूरत नहीं
मगर आकर्षक
तरुणाई की पहली अँगड़ाई लिये
मेरे रास्ते की
वो मिठाई वाली लड़की...
वो मुस्कुराती है
हर ग्राहक का स्वागत करती है
बड़े आराम से अपनी दुकान चलाती है।
मेरे मुहल्ले के लड़के
मुझे उसके चर्चे सुनाते हैं
वो भी,
उन्हें जानती है
बड़े जोर-शोर से बताते हैं।
एक दिन मुझे भी
उसकी दुकान जाना पड़ा
उसने मुझे देखा
और मुस्कुरायी
सच
मुझे बहुत भायी
मैं अब भी
उस रास्ते से आता हूँ
जाता हूँ
मगर अब
जाने और भी क्या-क्या सोचता हूँ।

55 - कुमारी 'क'

कुमारी 'क' -
मैं तुमसे प्यार करता था
तुम्हें क्या पता,
मैं तुमसे प्यार करता हूँ
तुम यह नहीं जानती
अब मुझे तुमसे प्यार नहीं रहा
तुम इसे भी नहीं जान पाओगी

कुमारी 'क' -
तुम बुरा मत मानना
यही है मेरे प्यार का 'ट्रेण्ड'
मैं ऐसे ही प्रेम करता हूँ,
मैंने तुमसे पहले भी
कई कुमारियों से प्रेम किया है
उनका कौमार्य भंग किया है
उनके साथ
प्यार भी किया और बलात्कार भी किया बन्द कमरे में
काल्पनिक और मानसिक बलात्कार

कुमारी 'क' -
मैं तुम्हें उनके नाम भी गिना दूँ
उनकी कहानी भी बता दूँ
ढेर सारी मिली है अब तक
तुम जैसी क्वाँरियाँ
जैसे कुमारी 'ख' 'ग' 'घ' 'ड' और 'च' इनकी कहानी -
तुम्हें नहीं बताऊँगा
पर मिल चुकी हैं कई श्रीमतियाँ
श्रीमती 'प' 'फ'...
पर जाने दो इन्हें

कुमारी 'क' -
मेरी एक प्रेमिका थी कुमारी 'ख'
बहुत प्यार करता था उन्हें
तब मैं जवान नहीं था
मेरे एहसास परिपक्व नहीं हुए थे
पर वे जागने की प्रक्रिया में थे
पहले क़दम पर,
पहला प्यार बहुत अच्छा लगा
मैंने उनसे शादी भी की थी
पर उन्हें छोड़ दिया
उनकी शादी हो जाने पर
मैंने उन्हें भुला दिया
एकदम से भूलना भी सम्भव नहीं था
पर अब इतनी याद भी नहीं रही
कि याद करूँ

कुमारी 'क'
तुम सुन रही हो न
मेरी प्रेम कहानी...
मेरी एक प्रेमिका थी कुमारी 'ग'
उन्हें मैंने 'कॉलेज-लाइफ़' में चाहा था- हसीन थी, सुंदर थी
जवान भी, कुछ तेज़ भी
मैं भी जवान हो रहा था
ढेर सारे लड़के उन्हें प्यार करते थे
मैंने भी उनसे प्यार किया
ढेर सारा प्यार
ख़ुद किया
दोस्तों को भी 'शेयर' कराया
काफी दिन चला था
यह सिलसिला
कॉलेज छूट गया

प्यार भी टूट गया
और फिर, ...'ड्रॉप' कर दिया
यह 'लव-सीन'

कुमारी 'क' -
अभी इस जैसी और भी कहानियाँ हैं
कई लम्बी कहानियाँ
पर अब मैं सुनाऊँगा
कुछ 'शॉर्ट-लव-स्टोरीज'
जैसे एक थी कुमारी 'घ'
'ड्रामें' में अच्छा अभिनय कर लेती थी, चेहरे से सुन्दर और
गम्भीर थी
देखने में मुझे
आकर्षक और अपनी-सी लगी
कई वर्षों तक प्यार किया
मैंने उन्हें -
कुछ 'भूले-बिसरे यादों' जैसे

कुमारी 'क' -
सुनती जाओ
मुझे एक वैवाहिक समारोह में मिली कुमारी 'च'
मेरी बातचीत हुई
अच्छी लगी, प्यार हो गया
कोई कुमारी 'छ' या 'ज' या...
अब नाम याद नहीं रहा
उन्होंने कभी कहीं
किन्हीं लमहों में
मुझे याद किया था
अच्छा लगा था
प्यार हो गया था
एक ने मेरी तरफ़ मुस्कुराकर देखा था, एक मुझे देखते ही

नज़रें चुरा लेती थी किसी की चंचलता से
तो किसी की लज्जा से
मुझे प्यार था
कोई मेरे घर आती-जाती थी
तो कोई
मेरे बराबर वाले घर में रहती थी
एक
रोज़ मेरे रास्ते में मिलती थी
एक मुझे देखा करती थी
आदि... आदि... आदि...

और भी जाने कितनी-कितनी
और भी जाने कितने-कितने अवसरों पर
मैंने प्यार किया
एक-एक प्रेमिका से
अपनी ही 'ट्रेंड' में
खूब 'ट्रेड' किया
मैंने प्यार का
अपनी 'ट्रेंड' में

कुमारी 'क' -
मैं और तुम्हारा मेरी ज़िन्दगी में आना
तुम्हारी कहानी भी
कम दिलचस्प नहीं है
तुमसे मेरा प्यार
तुम्हारा चित्र देखकर हुआ था
तुम मेरी पुरातन प्यारों में हो
तुम ख़ूबसूरत थी
किसी फ़िल्मी तारिका की तरह
तुम गम्भीर थी
मेरे अपने सपनों की तरह

ढेर सारी बातों में तुम मेरे जैसी थी
तुम मेरे लिए थी
मैंने तुमसे भी शादी किया था
सोचा था
तुम भी मुझसे शादी करोगी
वो भी दिन आया
जब तुम साक्षात दिखी
अपनी पूर्ण-पूर्णता के साथ
तुम फिर मिली
अपने किसी ‘तथाकथित’ भाई के साथ
उसके साथ,
तुम्हारा हँसना, बोलना, तुम्हारा व्यवहार
मुझे नागवार लगा

कुमारी ‘क’ -
ग़ौर से सुनना
मेरी मान्यताएँ टूटने लगी
और फिर
सबसे बड़ी सर्वोपरि घटना
यह कि
मेरे प्यार का ‘ट्रेंड’ बदलने लगा था
मैं बदलने लगा था
मैंने छोड़ दिया
तुम्हें और तुम्हारे लिए
मेरा प्यार

कुमारी ‘क’
न तो तुम तब जान सकी थी
न तो तुम अब जानती हो
न तो तुम कभी जान सकोगी
यह भी है प्यार

हाँ यही है प्यार
मेरा प्यार
मेरे प्यार की 'ट्रेण्ड'।

56- मगर अकेले

खुला आसमान
खिली चाँदनी
गर्मी का मौसम
नदी का किनारा
चन्द टुकड़े ख़ुशियों की तलाश
मगर भूखे पेट।

चहलक़दमी करते जोड़े
खिलखिलाते बच्चे
गपशप करते लोग
इसी आबाद पार्क में
चन्द लमहे सुकून की तलाश
मगर बरबादियाँ लिये।

हसीन सपने
ख़ूबसूरत सच
कोई ऊँची-सी मंज़िल
कोई बड़ा-सा ईनाम
थोड़ी सी अपनी जगह की तलाश
मगर गुमराहों में।

ज़िन्दगी एक ख़ूबसूरत सफर
अच्छा-सा लम्बा सफर
फैली हुई दुनिया
भीड़ भरे रास्ते
लोगों के साथ
साथी की तलाश
मगर अकेले।

57- तुम मेरे क्या लगते हो

ढूँढा है कई एक-बार
मन से लेकर दिल के पार,
कहीं भी तो नहीं दिखते हो
तुम मेरे क्या लगते हो।

मुस्कुराकर मिलना तुम्हारी आदत है
खिलखिलाकर हँसना तुम्हारी आदत है
मेरी बरबादियों पर तुम क्यों सिसकते हो
तुम मेरे क्या लगते हो?

तुम किसी के नहीं
मैं किसी का नहीं
मेरी वादियों में,
फिर क्यों गुलाब बन महकते हो
तुम मेरे क्या लगते हो।।

58- मेरे लिए

मैं एक गीत लिख दूँगा
धुन बना दूँगा
राग छेड़ो
तो बाँसुरी भी बजा दूँगा
क्या अब भी,
कहीं गुनगुनाओगे कोई गीत
मेरे सहारे, मेरे लिए।

आओ तो सही
तुम्हें वापस मैं पहुँचाऊँगा
डरो नहीं चलो तो सही
हर क़दम साथ मैं निभाऊँगा
क्या अब भी कहीं चलोगे कोई क़दम
मेरी तरफ़ मेरे लिए।

जीने के लिए
बस एक आस ही काफ़ी है
तुम चाहोगे मुझे
यह विश्वास ही काफ़ी है
क्या अब भी लोगे कोई क़सम
मेरे बहाने मेरे लिए।

59- चलो

चलो
खो जाएँ भीड़ में
डूब जाएँ- गहराइयों में
भूल जाएँ- वीरानियों में
रह जाएँ - तनहाइयों में
गुनगुनाएँ- बरबादियों में

चलो
रोशनी तलाशें दिन के उजालों में
ख़ुशियाँ लायें मन की खानों से
शान्ति लायें बियाबानों से

चलो
लौट चलें
जंगलों की ओर
पहाड़ों की ओर
अँधेरों की ओर।

60- क्षणिकाएँ

(1)

पछुवा बयार
परपराये होठ
अपनी एक बड़ी-सी खुशी
मैं होठों में ही पी गया
उनकी -
ज़रा-सी बात पर मुस्कुराया
होठों पर
छलछलाये ख़ून
और
दुनियादारी का फ़र्ज़
मैंने
बख़ूबी निभाया।

(2)

आप कहते हैं -
वोऽऽऽ वो ऊँची मंज़िलें
जिसने चाही उसने पायी है
मगर
क्या मैं कहूँ ...
ये टाँगें
मैंने वहीं गँवायी है।

(3)

रोज़
बड़े सवेरे
नगर के चौक में
देह-व्यापार का धन्धा
बड़े ज़ोर-शोर से चलता है
हर बूढ़ा-बच्चा-जवान देह
कुछ मोल-भाव के साथ
बिक जाता है।

(4)

घरों में
गलियों में, सड़कों पर
जुलूसों में
मैंने ख़ूब खेली
जम के खेली
आज होली
घर लौट,
जब खोली मैंने अपनी 'खोली'
कुछ भी न शेष था
सब ले गयी थी होली।

(5)

जी नहीं चाहता
दुर्दिन, दुःख बना रहे
मगर
याद रहे।

(6)

पहले
डरता था कहने से
मैं तुमसे प्यार करता हूँ
अब,
साहस नहीं
तुम्हारा प्यार निभा सकूँ।

(7)

क्या बुरा है
बहुत मुश्किल है
वो, जो बहुत दूर दिखता है
कुछ भी नहीं है
अब जो मिल गया है।

(8)

काश -!
मैं हाथ बढ़ा पाता
यक़ीन नहीं,
ख़ुद पर
कैसे कह दूँ इन्तज़ार करो
अब कर रहा हूँ...
समय का इंतज़ार
नियतिवादी,
कायर हो गया हूँ न
तुम
इतने क़रीब हो
कि हाथ बढ़ाऊँ
तो मेरे हो।

(9)

अक्सर
एक खोखला आदमी
बड़ी-बड़ी बातें करता है
मेरी तरह
फिर,
उसके पास होता ही क्या है
बातों के सिवा।

(10)

क्षण भर में,
सब खो देता हूँ
चिर-अकिंचन हो जाता हूँ
क्षण-भर में,
सब पा जाता हूँ
शायद मैं-
सपनों में, कल्पनाओं में
जीता हूँ।

(11)

झोलियाँ भर-भर ख़ुशियाँ लिये
तुम
मेरे लिए / मेरे दरवाज़े खड़े हो
अंजुलियाँ छोड़ / मेरे पास कोई पात्र नहीं
तुम्हीं बताओ
मैं तुम्हें क्या जवाब दूँ।

(12)

अक्सर / अपने आपको
मैं सफल मानने की कोशिश करता हूँ
उबरता हूँ / अपनी पस्ती से
हौसले इकट्ठा करता हूँ
कुछ और नया / बड़ा करने की
परन्तु ऐसे में ही
कुछ न कुछ
मुझे महसूस करा जाता है
मेरी असलियत।

(13)

क्यों नहीं
मैं पूरा हार जाता
क्यों बची रहती है
कुछ हिम्मत
जो मुझे कुछ दूर ले जाती है
और फिर
सहारा छूट जाता है
मैं असफलता के सागर में
ग़ोते लगाने लगता हूँ।

(14)

सड़क पर कुचली
वो लावारिश लाश नहीं है,
हाथ में जकड़ी है दरख्वास्त
वह एक फ़रियादी था
उसकी शिनाख़्त यही है।

(15)

वो समझदार है, तो यक़ीं जानो
बहुत परेशान करेगा,
लोग कहते हैं इसे पागल
ज़रूर ये कोई नया काम करेगा।।

लूले-लँगड़े और खोटे सिक्के
सब मुझको दे दो,
वक्त बुरा जब आयेगा
केवल ये ही काम करेगा।।